U0068478

寫給 月亮的 詩

懷鷹詩集

作者的話

　　本來只想出一本詩集，朋友說她做了個夢，夢見我把月亮吞噬。這就觸動了我的心弦，搜集了一下我寫過的跟月亮有關的詩。這一搜，才發現原來我寫了這麼多的月亮的詩，於是編了這本《寫給月亮的詩》。

　　我從網絡上抄下三段跟月亮有關的文字，也可以表達我對月亮的感情。

（一）從美學的角度來看，月亮作為一個文學表現的象徵物，不因時間而改變它給予詩人的感覺，詩人的感覺可以超時空，不受任何客觀環境的局限。古代詩篇多有詠嘆月亮之作，儘管被古人（包括西洋詩人）寫了幾千年，仍然展現它不同時期的魅力，已形成了文學上獨特的月亮文化。

（二）在大自然的景物裡，月亮是很有浪漫色彩的，她很能啟發人的藝術聯想。一鈎新月，會讓人聯想到初生的萌芽的事物；一輪滿月，會讓人聯想到美好的圓滿的生活；月亮的皎潔，又會讓人聯想到光明磊落的人格。在月亮身上集中了人類許多美好的理想和憧憬。月亮被詩化了！

（三）借月寄相思是月亮文學永遠的主題，寄託著我們的許多飛天的想像和逃脫的情懷。人生的幸與不幸彷

　　佛都可以通過對月亮描寫的比興來達到這一目的。

　　我也喜歡寫月，但沒想到會寫這麼多，從三行詩到十七行，這也使我感到很訝然。實際上，從兒時開始就對月產生很多奇妙而美麗的想像。生活上的顛顛沛沛，也使我對月產生更多的幻想；有時她會走進我的夢鄉，與我傾談古今往來，撫慰我的心靈。

　　我喜歡月，但願作為讀者的你通過我的詩歌喜歡月。

　　在此感謝好友雪蓮為我的四首詩寫評析文。

目次

十二行詩

十三行詩

十七行詩

三行詩

01
迷霧

圓月　是這麼寫成的麼

畫家的彩筆

留下一團迷霧

02 長度

女神呵　你總是那麼神祕

一年只圓一個中秋

相思便有了長度

03 死亡和復活

鍍上月光的雲懶得漂移

螢火蟲震顫的燈盞

照亮靜謐中的死亡和復活

04
翻牆

月光吹響長笛

翻過高高圍牆

牆外開一朵金色玫瑰

05
微
波

鑲在柳樹梢的秋蟬

在月牙兒的眼波裡彈奏

鬱藍的曲曲微波

06 牧場

坐成一尊石

不言不笑 讓月光清洗

一望無際的牧場

07 夢兒

圓一次缺一回
初一十五的月
漸缺漸圓了無牽掛

08 詩魂

釣上來的
是一輪半明半昧的月兒
乍浮乍沉的詩魂

四行詩

01
醉月

喝得酩酊大醉

滿臉脹得通紅

搖搖擺擺

一頭倒在歸人的思念

02 擁抱

讓我在你的銀環裡

燃起一堆篝火

拋開所有的矜持和羞澀

擁抱你如岸擁抱海

03 故鄉路

我的夢

像你圓圓的臉兒

照亮故鄉路上的小樹

照亮娘滿是皺紋的臉

04
岸

在花瓣上踱步
把夢吊在葉尖
藍色琴弦漾在水上
長長的浪牽扯著岸

05
念
想

黃昏的晚火
燒灼已退化的翅膀

整裝 以一杆細線
串綴月亮或圓或缺的念想

06 背影

將斑駁的月光
剪成阿嬤背影
鑲在浪濤喧天的夢鄉
釀造又甜又鹹的相思

07 燃燒

月亮從西山升起
我是她臉上的輕紗
當伊掉進海裡
我是海面上燃燒的鷗

08 舞魂

烹一壺羞澀的月亮

抒起袖子

梳起髮髻唱一首浪浪漫漫

茶香在琴臺化成舞魂……

09 燭光與月光

燭光靜靜搖曳
把月光搖出窗外
燃盡自己
月光仍在

10
懸崖

背起寒星
佇立在獵人的懸崖
尋覓山山水水的傳奇
田田月光照在銀亮的弦上

11 雪蓮

月亮披上銀霜

悲和歡

凝固成山中做夢的

雪蓮

12 烏篷船

烏篷船
於淡淡月色
拐入橋
小心隱藏起來

13 月光船

躺在月光船上
垂釣一首小夜曲
輕輕流過十指
一朵野百合盛開了

14 禪坐成荷

月色如許悽迷

別離的思念夜一樣長

夜一樣長的思念呵

黎明前禪坐成荷

15 野渡

月光船搖呀搖
搖來滿天星斗閃閃爍爍

送伊到江邊
野渡可有一艘小舟？

16 與誰傾談

舉杯邀秋風

靈魂浸泡在月色裡

這酩酊的夜啊

如何過渡到陰山

五行詩

01 鴉叫

欲尋覓的夢

藏在雲層哪一端

舉杯邀明月

冷不防一聲鴉叫

劃破寂寥夜空

02
玉兔

在這璀璨的沙灘上

我和你攜手共舞

數著星星

縱身一跳

化成你身邊的那隻玉兔

03 瞬間

暖暖月光　飄飛柳絮

夢裡山山水水

化一道長虹

跨過歲月燈火

爆響黎明瞬間

04 擺渡清矍的影

月色溶溶
披一身薄薄風衣
在荒廢渡頭
擺渡清矍的影
等待翩翩的蝶

05 退隱山林

月兒圓了　缺了

鐘聲　從姑蘇城外傳來

白馬退隱山林

那人呢？站在江邊

月光染紅雙眼……

06
冥思

花瓣上的露珠
悄悄
吐一圈圈月光

我在月光冥思
一片落葉在懷裡安眠

07 那扇窗

小橋這一頭的明月
看千里之外那扇窗
夜歸路望不到邊
凍僵了的河水
從髮際輕柔流過

08 空空的杯

把名字刻在落葉

殷殷月光

與踉蹌的秋雨把臂傾談

不覺夜色已晚

空空的杯裡盡是霜雪

09
淡定

窺探月亮的心情

可以這麼淡定

如風輕擦雲朵

雨拂過河心

草原上灑過的花粉

10 初雪的眼眸

釀了一世紀的酒
倒在月光滿盈的路
滲入沙塵底下的石縫
一朵紫荊花含淚
張開初雪的眼眸

11 背影

秋月之下

遙望一片輕凌凌葉子

無聲墜落山谷

用你的背影

期待一場鳳凰的火浴

12 空曠的淚

對月亮抒情

一縷縷清涼的風激起
你藏得最深的憂鬱
圈圈漣漪，圈圈漣漪
閃爍著你空曠的淚……

六行詩

01 旅人的清淚

清明的月兒從夢裡出走

心裡的天空

從此失去彩虹

徘徊在星光下

花兒披一身冷霜

滴下一顆旅人的淚

02 硯臺

荒涼的夜色
一硯墨墨的池
心在池裡的山階
拾級而上
拾級而下
撈一枚憔悴的月

03
窗

　　一陣冷風推開窗

　　來不及捉住它

　　鳥兒的翅膀掉在窗內

　　瞬間化成一枚月亮

　　借月光

　　我與一蟬密談

04 秋風微醺

秋風微醺的傍晚
夢跌跌撞撞

一匹憔悴的馬站在槐樹下
站成一尊古銅的塑像
背影瘦得比秋月清淡
漂泊的雲沒有回首

05 半彎

別問風兒朝哪吹

獨木舟款款搖擺

打更人走了

渡口荒蕪了

剩半彎月牙

半彎瀲灩的湖

06 掛在霧裡的月光

一盞一盞的燈
掛在霧裡的月光
小舟搖曳在無風的小溪
唧唧蟲聲驚擾正在酣睡的
短短的橋
長長的岸

07
寂寞

獨坐月下

傾聽

蟲兒的啁啾

夢裡

採擷

雲的淚花

08 晶瑩的淚珠

月亮本是圓澄澄

飛來幾朵烏雲

伊的眼溼了

不忍看人間

轉身而去

留下一串晶瑩的淚珠

09
井

抬眼
圓而又圓的
是一枚淡淡的月

俯首
砰然一聲脆響
水花開出一朵朵寂寞

10 橘黃的月亮

橘黃的月亮沒有倦意

仍在露天茶座發呆

喝酒人走光了

蹣跚的夜像秋風

腳步踉蹌的淌過

激起寥落的車聲

11
空

推開千年蒙塵的那扇門

一陣陣蟬鳴迎面撲來

月亮在花叢間追逐黑蝴蝶

不解風情的風吹來

假山後悠悠響起

一隻青蛙喃喃的誦經聲

12
離

點點離人淚
滴滴淚人離
燭光搖曳
向哪個港灣照？
一輪彎月
弓在雲邊

13
思

床前那輪明月

是不是李白倉促留下的影

地上的霜

已浸泡千年的淚

抬頭，月兒在雲裡笑

低頭，一縷暗香襲上窗

14 彎彎的鄉土路

月亮認得彎彎的鄉土路嗎？
鄉土路認得圓圓的月亮嗎？

每一寸土
掩埋每一朵思念

可長 可短
可圓 可缺

15 滿城的飛霜

有人以為我喝的是金黃色的酒
我喝的是滿盈的月光

有人以為我讀的是四書五經
我讀的是滿懷的夜色

有人以為我寫的是詩
我寫的是滿城的飛霜

16 爬上高樓

月亮不等我的招呼

自個兒爬上樹梢頭

在微風中輕點著頭

樹枝忙著為她梳妝打扮

金澄澄的粉才敷上臉

她羞澀的爬上高樓

17 圓圓思念

中秋是圓圓思念

我在月亮這一頭

遙想你緋紅雙頰

你在那一頭

懷抱琵琶

為我彈奏一曲月兒高

18 心情

如冬雨點點滴滴

夢神的翅膀展開如小船

掛在月亮搖搖蕩蕩

小巷的窗擁抱失眠的風

飛揚的葉子

穿過花布傘下

19 夜空

我在鳳尾竹下的月光徘徊

回首來時那路

變成一團迷糊的影

一隻夜遊鳥

無力振翅，叫了幾聲

一頭撞進黑黑的夜空

20 夜談

挑燈夜談

夜越談越黑

楊柳風老在帳篷外徘徊

懷抱一壺女兒紅

一卷春秋

在酒香裡化成溶溶曉月

21
一朵詩情

東方以東

太陽冉冉升起

裝滿我的行囊

西方以西

月亮款款蓮步

將行囊綴以一朵詩情

22 醉話

來，再乾一杯
趁太陽還沒做新郎
月亮還沒娶媳婦
讓我們在海平面上
乾一杯再一杯
直到大海醉了

七行詩

01
月
餅

秋風捲來一輪黃澄澄的相思

遠隔重洋的遊子

是否想起甜甜鹹鹹的餅兒

一半分給你 嘗一口

家鄉的溫馨

一半留給我

留住異鄉的故事

02 兩岸風情

小心翼翼地

從銀河這端走向那端

月亮照著兩岸

聆聽

美麗的神話

嫦娥呵 耐不住寂寞

偷偷飛到橋上

03 漫步

白朗朗的月光敲窗
我準備好一壇子酒香
浸泡你老掉牙的記憶

何處伸來一管橫笛
悠悠地吹 悠悠地
吹來一朵輕雲

我在雲裡漫步

04 靈魂的清吟

我的沉默如此洶湧
穿越滾滾浪濤
在海心凝固成礁石

每一陣晚來的風
是我沉默的語言
每一滴月光
是我靈魂的清吟

05 夢的衣裳

天空之上還有天空
月亮之下還有月亮
肩膀托在那兒
傷殘的翅膀貼在靜靜水泊

月亮將天空的髮絲
編織成夢的衣裳
披在折翼鳥的羽毛上

06 關山萬里

頑皮的風掉入燈盞

捲起悠悠千古

不管街燈寂寞

兀自唱起關山萬里

月兒弓著腰　不忍聽

任憑胡笳聲聲

越過牆頭而來

07
駝鈴

當駝鈴響起

我們上路

晶瑩的月光照在漫漫黃沙

思念一路搖曳著叮噹

一路穿越千古

回到夢魂縈繞的故土

灑一地銀光

08 遠行

不曾說再見的遠行

留下一闋

無法解讀的心事

輾轉反側之夜

一輪清瘦的月

斜斜地

掛在樹梢上

09 等待月光拜訪

將伊懸在窗外

等待月光拜訪

叮叮噹噹的聲韻

在茫茫的水天之間

一葉小舟

輕輕蕩、輕輕地蕩

輕輕地蕩入你的懷抱

八行詩

01 游牧民族

蒙古鐵騎踏踏而來

山山水水變了容顏

游牧民族的弓箭

把城牆射開

從此南方北方

都是成吉思汗腳下的土地

我們成了新的游牧民族

東方西方 都是我們結帳而居的疆域……

02 月光

剪一枚古典的月光
裝飾在我的窗

窗外飛簷重重如山
攏一彎銀白的夢

窗內水聲潺潺
伴著久違了的暮鼓晨鐘

今夜，我把月光寄給你
照亮你盈盈的旅程

題記：經過直落阿逸的天福宮，忽然有點累，在廟旁的
小公園歇腳。時至黃昏，颯颯的風兒中，幾簇落
葉在眼前飛旋。抬頭望天，被黃昏的玫瑰火燻紅
了臉的夕陽，猶似早升的月亮，含著一絲蒼涼，
且把這「月兒」裝飾在我的詩中。

【詩評】盈盈的月光下的情思

／雪蓮

　　詩人在天福宮後的小公園歇腳，被眼前的景
象所感動，於是寫下這首《月光》。但讀了這首
詩，你會感覺詩中所寫的並非眼睛所見的景物，全

是詩人的想像，是超越景物的想像。這一片「月光」是虛擬的，根據詩人在〈題記〉中所說：「被黃昏的玫瑰火燻紅了臉的夕陽，猶似早升的月亮」，詩人把夕陽當成月亮來寫，是取其相似之處。但天福宮周圍，全是一幢幢現代化的高樓，能否看到夕陽？

其實，全詩寫的都是虛境。

天福宮後的小公園，倒有幾分幽靜，尤其是黃昏時分，坐在這裡，人與物俱靜。「夕陽」看來像「早升的月亮」，這一片「古典的月光」是詩人想像出來的。月光可以很古典，也可以很現代，但古典的月光更引人遐思。這一枚古典的月光是詩人用想像「剪」出來的，剪字並不新奇，用得還恰當。這是一種指標性的特意的動作，把虛擬的月光依附在「剪」字上，這月光也就具有了質感，成為可觸摸的物象。

詩人把剪下來的月光「裝飾在我的窗」，寫的又是虛境。詩人明明是在小公園裡，何來的窗？把月光裝飾在窗上，便營造出一種浪漫的氛圍，讓我們品味月光在窗玻璃上流動的情景。

詩人把這個「異域」的環境塑造了出來，我們就可以沿著他的思路走進去，於是我們在窗內

看見「窗外」的飛簷「重重如山」，可以想像那是一幢幢宏偉的建築物，大約指的是畫外的「天福宮」吧。重重如山形容飛簷重疊，狀如海洋，卻是攏著「一彎銀白的夢」，一闋銀白的月光是一個恍如隔世的夢，這夢被包攏在重重如山的飛簷裡，顯得幾分悽迷、古穆。夢如輕紗，卻有「如山」似的沉穆感。此刻在詩人心裡流淌的，該是一輪橫越千古看不盡人間悲喜的月，這種對比和借代的手法是不留痕跡，滲透似的展開。

　　跟著，詩人聽到了窗內的「水聲潺潺」，水聲從何而來？依然是詩人的想像。潺潺的水聲該是一曲清音，能滌蕩「重重如山」的夢，卻不料水聲喚起的卻是「久違了的暮鼓晨鐘」，暮鼓晨鐘是佛教文化中特有的儀軌，詩人用來「說明」人生的苦短，這裡用的是借喻的手法，由古典的月光到銀白的夢到水聲潺潺到暮鼓晨鐘，一連串的景物描寫都透露出詩人悲穆的心情，好似一幅淡淡的水彩，懸浮於我們腦海中。

　　　　今夜，我把月光寄給你
　　　　照亮你盈盈的旅程

　　詩人的筆鋒突然一轉，從極其沉肅的環境氣氛中轉化出來，令人心胸為之豁亮。

　　經過這一連串的描述，詩人突發奇想，在這肅靜的小公園裡，他想把今夜的月光寄給你，這裡所承載的內容已迥然不同，是盈盈的月，充滿詩情畫意的月，這裡用的是「變景」的手法，有如電影裡的切換鏡頭，一下子把詩人的想像打碎，還原回那輪浪漫的月。

　　詩人的友人大概即將出發（旅程），所以詩人要把月光寄給他，好照亮他盈盈的旅程。旅程可以是短期的旅行，也可以指人生之路。

　　詩到這兒，我們才恍然，這是一首「懷人」之詩，但詩人卻不直接寫懷念之情，反而寫虛擬之境，最後才點出心中之所思，有奇峰突出之效果。從這首短短的八行詩，我們可以看到詩人掌握詩歌語言和表達技巧，已到了隨心所欲的地步。

03 祈求

從來沒留意過你的年齡

只知道打從做小孩那時

你就在天上看我

如今我兩鬢染雪

你呵 為何容顏不改

是不是吃了長生不老藥

請賜給我一點

我在人間的事永遠做不完

04 床頭

床頭掛一輪月兒
遙想山城的牛車
一路搖曳鈴聲
把雨點撒在泥濘路上
夜晚讓月光填滿坑坑窟窟

床頭掛一輪月兒
悄悄的月光怎填不滿
坑坑窟窟的心事？

05 比月還清淡

好似醉酒之蝶
花叢追逐夢兒
唱無人懂的曲子

古棧道一匹
憔悴的馬站在槐樹下
站成一尊古銅塑像
雲始終沒回首
背影瘦得比月還清淡

06 心情小景

聽見夜鶯
夜色正空濛
歌聲像小河流淌

看見杜鵑
秋天正爛漫
一朵朵在坡上咧嘴笑

月亮想甚麼？
滿臉都羞紅了

07 黑夜

黑夜儘管黑
我沒有一點傷悲
黑夜就是黑夜
雖然我兩鬢霜白

黃鶯是黑夜的抒情歌手
站在枯枝上
夜夜與我傾談
關於月亮的心事

08
話
題

太陽不等我招呼
自個兒沉入海底

黑夜拍打蝙蝠翅膀
似要把海水攪上天空

話題繼續發酵
再煮一壺老酒
讓愛沉思的月光坐在石上
與我論短長

09 幻想與回憶

我幻想我不存在
剩下月光在回家路上游蕩

我回憶月亮跟著我回憶
回家的路總是那麼彎又曲

我回憶
我幻想
故而我是李白杯中
那縷詩魂

10 靜謐的夜

坐在彎彎的月亮下
坐在夜涼如水的草地上

思念像一條銀色小蛇
在樹林裡蜿蜒爬行

一個披著綠茸茸羽衣的小人兒
舞蹈著向我而來

敞開胸懷和她擁抱
卻是兩手冰涼的露珠

11 我是窗前另一隻耳朵

聽　千里之外呼吸的海

月不睡
夜空裡的眼
仍竊竊嗦嗦
說著銀河的波光浪影

走出窗外
和露珠兒撞個滿懷
耳朵卻在窗上嗞嗞地笑

12
凝眸

觀雨總在雨後

淡淡夕陽畫出

歸鳥翅膀的銅雕

愛做夢的月光

青紗帳裡

挑燈與汝凝眸

搖曳在燈光裡的話

化成一滴燭淚

13 青鳥

掌心升起裊裊煙霧
一隻青鳥
褪去寶綠色的衣裳
黃昏之前飛進樹林

我於是更加坦蕩
了無牽掛
在黃昏亮起一盞燈
高掛在月亮之下

14 月和關

我是秦時那輪明月

我是漢時那個關

古月照我影

影走進關口

和歷史碰個正著

四處烽煙

燻黃我的羽衣

染紅我的雙眼

15 尋訪

雲將我的心一層一層包裹

腳步在樹林小徑叩響

秋蟬深深的鼾聲

如落葉般壯美

黃昏時樹下坐著一個我

夜晚時我留下一道月光

尋夢的人腳步輕一點

莫驚擾剛升起的霧

16 夜色

月亮窺探一池灣水
夜色收藏山的緘默

提著一湖酒
在花叢間徘徊

李白仍散髮弄扁舟
兩岸猿聲關不住

低首
遠山在花瓣上沉睡

17 一樣，不一樣

一樣的月光

不一樣的我和你

一樣冰冷的小雨

不一樣的夢

一樣流向四方八面的水

不一樣的消遣

一樣的昏鴉

不一樣的歌調

18 影子

那人掉頭而去
影子留在樹下

秋風以一個簡單的告別式
把黃昏丟入火爐

那人與影子都是流亡者
名字與墓碑同在

當月亮升起
我的眼睛便長了翅膀

19 與詩人喝酒

酒杯舉起

月亮不小心跌入酒液

臉比玫瑰紅

風兒悄悄走過

伏在帳篷上

偷聽詩人耳語

街燈喃喃自語

把我們的髮染得金黃

20 雨沒有牽掛

月亮在高山之巔
向遠遠的遠方送去呼喚
凍土般的大地
一朵妍妍的花
鑽出冰雪，仰起臉，和
緋紅的太陽親吻

月亮化成浮雲
沒有方向的方向是渡口

九行詩

01 無聲的心事

我漫遊太空

與你不期而遇

你微笑看我

我看你眼裡的淚

一顆顆像憂傷的小精靈

盡情舞蹈

想給你一個擁抱

你羞怯躲進雲層

寧願守著無聲的心事

02
廝守

也許我們在億萬年前便已相識

每次見你　我都有一種衝動

想飛上月宮找你

吳剛老了

就請他坐在桂花樹下

那把斧頭且丟到九霄雲外

我們一邊喝酒一邊跳舞一邊聊

那永遠聊不完的話題

就這樣廝守一輩子

03 跳一支浪漫

你在花葉上舞蹈

我在樹下徘徊

你在月宮裡詠嘆

我在夢裡低吟

啊！我的月兒

今夜　請你揭開輕紗

讓我摟著你溫柔的腰肢

輕輕地

跳一支浪漫

04
樹

千年之後
倒下的我依然是我

你若尋找記憶
在一圈一圈的年輪
一圈覆蓋一圈

每個圈圈都有戎馬倥傯
一輪明月升起落下
斑斑點點該從何處
數起

05 圓潤潤的中秋

兒時的中秋
我們提著圓圓的燈籠
在幽靜的小路上
和月亮婆婆一起晃蕩
我們唱著清脆的兒歌
冷不防月亮婆婆哭著鼻子
把我們的燈籠一盞一盞的哭溼
我們都不埋怨
夢裡，依然有一個圓潤潤的中秋

06
靜

窗外

夜色似水

輕蒙著山崗

一管蛙叫

驚醒沉睡小舟

欸乃一聲

木槳撕裂河岸

把月光攪成碎金

等待夜遊者的追夢

十行詩

01 圓圓的月光

圓圓的月光
灑下冷冷的霜
就像家鄉那彎彎的小路
小路上佇立的媽媽的
孤單影影蕭蕭白髮

小路依然彎彎曲曲
指向我離去的方向
我的思念
就像這輪圓月
時而圓時而缺

02 歸來

自遠方歸來
記憶中的月亮
蒼白了
屋簷下築巢的燕子
去了又來 來了又去
不忍回首
歸來　歸來
我尋覓的舊樓房
在月亮的注視下
化為一堆塵土……

03 迷宮

誰挖走城頭上的磚

獨留牆腳

埋在土裡那一截

歲月悠悠

荒草掩蓋

皎潔的月光只照亮

草梗上的露珠

捲曲在地下的夢

蚯蚓鑽動的聲音

竟然鑽出千百年後的一座迷宮

04 明月

明月依舊照孤城
層層陰影
折疊曾經的狼煙

孤城的寂寞
一如溶溶月光
無人站在牆頭
遙望南方綠柳

一隻孤單的雁
趁著沉沉夜色
飛向城外的孤山

05 詩情月光

披肩的月光
凝視晚唐划入的舴艋舟
尋覓悽婉的典籍

蘆葦蕩傳來
女子低吟的歌謠
青青湖色滌蕩千古苔痕
多情的詩人與伊廝守

小精靈的翅膀
在燧人氏的火苗裡起舞
將黃澄澄的花環掛上月亮

06 東風薄了

海霧越吹越厚
望不穿的山谷傳來
伊人花瓣的馨香

月上柳梢
蘇堤仍有千古之約
煮一壺春酒
溫潤浪人的眼珠

且將南山收藏於清袖
舞一闋天涯瀟瀟
擺渡一艘孤舟……

07 喝酒的男子

喝酒的男子紅著眼
月光下像鳥一樣飛翔

飛到一棵枯樹
把最後一枚葉子含在嘴裡

坐在無聲的水邊
懷抱三弦卻靜如羅漢

一隻雲雀飛來
停在肩
輕輕甩頭
長長的髮散在無星的蒼穹

08
盼

盼一場轟轟烈烈的

山雨

洗滌滿是苔痕的窗臺

盼春天綠綠的風

驅散天空陰霾

盼一管橫笛

吹開月亮半羞臉兒

盼被雪掩埋的心

從地底噴射而出

迎著太陽

09 祭酒

這一杯酒
祭給夜空
我拿什麼給你下酒
除了這寸寸的肝腸

塵緣未了
我仍輾轉難眠
窗外的木麻黃
與誰喃喃自語

空濛的月色
結成一張輕紗

10 無聲

大風在髮間停下匆忙的腳
流浪的雲掛在流浪的雁翅
漸行漸遠⋯⋯
無聲的落葉無聲地飄

我乃古道的馬
在峭壁奔走
每一個瑰麗的黃昏
你會聽到我的長嘶

於是滿滿的月墜落
滿滿的亮盈滿山坳

11 記憶之城

往事掏空記憶之城
只剩半圓的月
懸在最亮眼的空中

一個一個背影
像街頭將熄的燈
列隊而過
冷風兀自把落葉
捲入深深巷子

巷子一扇一扇的窗
響著叮叮噹的鈴聲

十一行詩

01 八月的海島

中秋的燈飾從海上升起

點燃獅城夜空

眼睛忙碌採青

聽一聲聲脆亮鑼聲

從射燈謎那兒傳來

把心從現代

牽引到祖先那

看自己漫步

古長安棧道

風那麼愜意那麼典雅

心啊　灌滿唐詩宋詞……

02 旅程

最初的衝動
衝一個缺缺一個圓圓

存在 或許只是一則
美麗而悽清的神話

孤獨衍生沒有年月記載的
年月
廝守攀越沒有循環的
輪迴
天涯咫尺
遙遠又貼近
牽連又斑駁

03 月亮的髮絲

月亮的髮絲
披在遠遠山尖
山外是一望無際的月光
窮極目力無法望穿

捉一把月光
傾注在尚未冰涼的酒壺
倒一杯滿滿春風
遙祭水邊眺望的你

天正寒
沒有楓橋的岸
兀自亮起一盞漁火

04 清風明月

左眼清風　右眼明月

湖心的波瀾
映見明月的透徹
楊柳岸 風兒徐徐

欲望斷　八千里路
小軒窗　簾捲玉槃
怎一個　了了秋蟬

還是 獨留月朗風輕
滿室生香
莫管樓外黃花瘦
幾聲啁啾

05 今夜。憶起

你陪伴誰？今夜
黃鶯在玫瑰的刺中死去
小河在流水的嗚咽中醒來
沒有人在渡頭等候
只有曠野的風
吹動林梢的月光

今夜，誰陪伴你？
落在水池的雨睜不開眼
只能躲在荷葉下
等待黎明一聲喚
讓晨風鑲一朵漣漪

06
英雄

英雄已經老去
從此不須再煮酒
陳舊的話題
像酒窖裡的罈子
年代久遠
釀不出香醇味兒

英雄之劍掛在何處？
在更久遠的博物館
安靜地睡眠
月光悄悄鍍上一層
古銅

07 山花

將那束山野採來的花
放進海　花心一聲短短嘆息
斑斕的花瓣　頃間
碎成一海殘紅

浪嗤笑
你這多情的月亮
為何棄花在這
這可是摧毀一切的深坑呵

月亮無言
靜靜望著碎花
此生只你懂月亮的心

08 影子

從此與湖海絕緣
放逐自己在冷清的街
數影子的長度
丈量彼此距離

儘管一步一窟窿
我已把落葉踩遍
單薄的風吹涼夜的眼
只剩一輪欲語還休的月
照著夢裡的長安古道

就這樣隨意走
直到影子沒入海平面

09 楓橋夜泊（張繼）

月落烏啼霜滿天，
江楓漁火對愁眠。
姑蘇城外寒山寺，
夜半鐘聲到客船。

夜渡

那時的月只有半滿
漁火燃起了
楓橋那邊的霜

誰家鄉子
猶在唱寒山寺鐘聲
我在等待　夜渡

10 欲語還休的月

窗外欲語還休的月

以樹葉為遮面琵琶

彈一曲清清遠遠

池塘邊的蛙兒

躲在溼溼水草叫喧

一隻夜遊的鳥兒

不小心掉在樹梢

紅著臉兒靜聽

月兒不好意思隱入

薄紗般的雲

回頭瞅一眼這朦朧的夜色

十二行詩

01 一個月亮一朵野百合

月亮把自己梳成
一把金黃梳子
輕輕梳著野百合的夢
梳成另一朵野百合

我在窗口掛一串風鈴
清風帶著脆亮月光
把夢兒一樣的野百合
掛在風鈴上

我的夢
一個月亮一朵野百合
正悄悄綻放
一朵野百合一個月亮

02
幽蘭

本是幽蘭

無奈一夜風雨

容顏盡老

山在何處

水在何方

山山水水可有一脈霞煙

寂寞頻襲

一腔怨懟

舉杯向明月

月知否

只剩

蟬兒獨鳴

03
窗花

把月亮裁剪成一枚窗花

月光鋪滿彎曲小徑

逃亡的意念

像灌木叢的陰影

遮掩得天衣無縫

包括溫柔而落寞的心情

酒後的灑脫

落葉季節已至

發黴的陽光咽下澀澀的雨

將距離拉遠

拉遠……直至月亮將我吞噬的

那一刻

04 彎彎的月亮

彎彎的月亮
月亮彎彎
彎彎向何方

思念的人
天雲下
草原上
地平線的那一端

月亮彎彎
照著你照著我
照著彎彎的路

彎彎的路
盡頭的路在盡頭……

05 六弦琴

誰在彈奏六弦琴
把我從迷宮中解救出來
又讓我踏入另一座迷宮

憂傷的調子
彷彿傷了翅膀的雲雀
徘徊低吟

我在窗下傾聽
以為那是夜的遊魂
找不到家的悲泣

哦！原來是我心潭的迴響
像銀色的月光
蒙上一層陰霾……

06 龍井

不與你舉杯暢飲

縱使太平洋的風

賜予甘醇的酒香

只愛那一壺古銅的龍井

你該知道我烏黑的髮

藏著浩浩江水

心有一首歌

傳唱幾千年

即使遠離

母親的搖籃

眼睛刻在高山

極目千里仍有一輪明月

07 玫瑰

玫瑰綻放在春天

月光忘記它的馨香

炎炎夏日小河

燃燒艷麗的靜謐

寂寥秋風裡的飛雁

拍打潮溼的翅膀

我在冬天的雪絮

探尋落日的腳印

誰扯起沙啞的嗓子

穿越悠悠鐘聲

把天空唱成一首

靈魂顫動的歌

08 乾杯

斟一杯酒給自己
讓滿天星斗在心海翻騰
耳朵貼在草原
聽風濤在貝殼迴旋
雨落在水車
奔向莽蒼蒼的夢土

月亮已經夠圓了
圓澄澄的月亮不說話
只把愁人的離騷放在江
整條江都在嗚咽⋯⋯

我把風衣吊在樹上
遮住流浪的蝶兒

09 晚歸的秋

秋天晚歸了
蟬把不可名狀的寂寞
擱在深深林間
悄悄呼喚
四處漂泊的雲雨

我在樹下
撿拾幾片凋零葉子
白色的秋
一朵清清瘦瘦的桂花
開在巉岩
一輪蒼蒼鬱鬱的月
鑲在禿樹

10 歲月被雪染白

縱使歲月被雪染白
我仍有一把開啟陽光的
金鑰匙

溪水
流了一千年
寂寞睡了一千年

這一張白紙
等待有心人
填詩作詞

月亮愛上
相思
抱著琵琶卻半遮面

11 習慣

習慣一個人走夜路
影子丟在黑暗的巷子

習慣一個人上山
不理絮絮叨叨的風聲

習慣一個人觀海
浪花在腳下翻騰

習慣一個人的行囊
石頭琴弦必須碰撞

習慣一個人飲酒
把天空舞成瑤池

習慣一個人和月光凝眸
冷霜滴溼彎彎的山路

12 關山萬里

你的眼　恰似
十五那輪明月

此去　關山萬里
天邊還在山腳趕路
藍十字星還在山谷徘徊

黃昏輕輕揚起牧羊人的鞭子
把雲兒趕進綿綿海洋
你可否看見
我帶一籃子的草莓看你

打開窗兒
讓風為你梳妝打扮
晚會就要開始

13 昨夜

鐘聲在夢裡響起
滑過水面的月光
跌入荷葉淚

千年古剎睡了嗎？
晚風絮叨
羣山正在竊笑

蒲公英的花粉
不再那麼矜持

相思
總是飄忽
才翻一個身
滿頭白髮像禿了的雪山

14 月圓之夜

我是那輪千古的月

照過無數朝代

河流

照見古城牆上的狼煙

一聲聲羌笛

在夢裡振蕩……

古月悽冷

年與年的距離

不只是三百多頁日曆

每一個月圓之夜

影子總是斑斑駁駁

無法圓一個完整的中秋……

15 歲月的風衣

槍管挑起歲月的風衣
走在朝露浸潤的山路
滿天的曉雲目送我清癯的影

爹娘的叮嚀如嗚咽的流水
我把淚珠藏在隱秘的行囊
趕在太陽落山時
把冷露似的夜推到海岸

獵人的槍聲響了
風聲叫得緊了
抬眼　一輪明月
照著遠遠的村莊
遠遠的　照不進憂愁的窗

十三行詩

01 八月燈籠

一串雪白雪白的笑
輕輕蕩起
在我的殘夢裡
孩子提著朦朧的童年

恍惚是畫屏
走來酩酊的詩人
我在他的酒渦中
看月光杯裡的圓月和月圓
采石磯仍有綿綿潮音

八月　那個十五的燈籠
照亮舊舊的記憶
圓圓的餅
包裹著一顆族情

02 出塞

該收拾行囊

到塞外採擷黃河的祕密

看直通雲霄的孤煙

如何風騷唱詩的人

指尖流動大漠熱風

編織另一首出塞曲

在無名的古城

殘缺的石頭上

落日把自己的神祕

鐫刻在高高祭臺

塞上的月

還在漢宮嗚咽嗎？長江那頭

繫住一艘秋風裡的烏篷船

03 一朵玫瑰

行走在月亮之上
俯瞰山谷的一朵玫瑰
伊粉紅的臉頰
含著幾分初春的羞澀

行走在大海之上
每一匹怒捲的浪
試圖把我掀翻
沉靜的吞吐層層疊疊的波濤

行走在夢土之上
玫瑰的笑靨穿透
最深的怒海
撐起一縷詩魂
輕輕披在月亮的心

04 靈魂流放

背著一壺月光

天未亮之際

走在被人遺忘的路上

一路採擷幽靜的花朵

把它別在天空的畫布上

有夢亦美

無夢亦美

如果你是紅色的焰火

就從山腳開到山頂

宣告一首詩的佔領

靈魂流放的溪流

不悲不鳴

悠悠穿過千古

05
珍
重

該揮手說聲

珍重

汽笛響起

背起早晨的露珠

悠悠穿過一道道山一道道水

把雁蕩山拋在身後

松濤鳴奏著如歌的行板

一路蕩去　蕩去　蕩去

月兒攀上你的眉梢

灑下銀白的淚滴

不要問　河的故鄉在哪？

流浪的水

始終在尋找

06 小路

風秋秋，月光秋秋
葉子染一層
惹相思的秋意

時間悄悄換序
而我竟不知
天空突然憂鬱起來
一大朵一大朵沉雲
落在河裡變洪水咆哮

躲在樹蔭的蟬
秋秋秋地叫
猛回頭
夏日寫的詩
鋪滿走過的小路……

07 坐在月下

坐在月下
靜默是最好的語言
只有秋蟬
躲在樹葉竊竊私語

那一條奔流的小河
放慢腳步
聆聽心裡
那一道小溪的清唱
恍若江南水鄉那一扇小軒窗
驀然閃現的女子的長髮

秋已深
我在這水邊
守著靜默千年的靜默

08 深邃的夜

今夜，不想托夜鶯
把那首深情的曲子
掛在你的窗邊
冬風吹得正緊

今夜，背起沉沉行囊
在啟明星的微光裡
走向更深邃的夜

今夜，讓我摘下月亮
一路走一路灑下
東籬的雪花

今夜，讓我邀約潛藏在
迷惘的眼簾裡的春水
潺潺地流向彎彎的海岸

09 月正圓

月正圓

過了十五

正圓的月等待桃花

一千零一里路外盛開的故事

儘管那幾盞閃滅的燈火

凝望我長長的青衫

風正寒

過了初一

正寒的風腳步踉蹌

幾行北歸的悽美詩句

與我不期而遇

煙火捲來一車子的黑

小軒窗劃過颯颯的風

十四行詩

01
追尋

秦時的那輪明月

依然照我漢時窗

心裡那隻灰蝶

翅膀已折

仍然隔山隔海的飛

看看長城的烽火臺

是否還有吶喊的狼煙

燕山刮來的風

吹了多少浪子的塵

捧著一疊兀自逍遙的經史

倒騎那匹被遺棄的青牛

哪管天高雲淡

濤聲沸沸一個世紀的荒謬

追尋那人去了

02 秋色

正初秋
登高一覽
卻重樓阻隔
雁翅裹不住向晚的霞光

敞開如海的心
傾聽花開
總在神遊太虛
睜開半明半昧的眼

月正圓
夢正酣
一盞酒香
搖搖晃晃穿過燭淚
把如水的秋夜
滴在菊花盛開的季節

03 風化

我以我的血

燃燒山上的火

我以山上的火

照亮海裡的太陽

我以海裡的太陽

畫一顆沒有瑕疵的月亮

沒有瑕疵的月亮輕叩我的門

還給我一本遠古的家譜

遠古的家譜書寫歷代的祖先

歷代的祖先隨著河流飄逝

飄逝了的祖先唱著我不懂的歌

在燃燒的山上

一隻黑鷹合攏翅膀

風化成一塊巨石

04 月光下的雕像

含著舒沁的微笑
走進夢的深谷

浪在腳下開花
風在肩上滑行
雨流成清溪水
一滴滴鑲成土地的愛

月亮總在高空遊蕩
撒下冷冷銀輝
從不肯與你傾談
往事幾載春秋幾回
只有夜裡的螢火蟲
提著小小的燈盞照亮你的眼你的髮

在你目力所及的範圍
我是一株遙相呼喚的梧桐

05
圓

十五的月亮在哪？

無論我站在何方

它總是在頭上飄浮

這會兒在邊疆

那會兒在草原

不管它在哪兒

總在我心裡

圓成一個圓圓

你的夢也圓

秋風的淚也圓

海圓了

水圓了

不圓的是晚歸的舟

風雨中不解風情的浪

06 仰望明月

你問我
為何這般愛月
呵，不，我愛的是中秋那枚
寫滿詩情的月

仰望明月
彷彿看到你化成嫦娥仙子
在桂花樹下翩翩起舞

你的淚啊
為何濺溼那條銀色的河
卻把鵲橋遺忘在浩浩宇宙之中

但我還是　還是把詩情
書寫在你的淚裡
讓它一路暢流
填滿我的心湖

07 仰望月亮

站在不同的疆域

仰望同一輪月亮

月亮照你照我

我有我的心事 你有你的

月亮含笑不語

我們在夢中起舞

讓淚水潺潺

月光搭起青紗帳

歌聲在月光下瘋癲

紡織娘在遠方呼喚

沉默鑄一口晚鐘

把晚鐘敲響

草原鍍上旅人的相思

踏踏的豈只是美麗的錯誤

08 傾聽

打開窗臺
一陣清風在小路上漫步

一片落葉
展示生命最後的輝煌

月光柔柔
月光柔柔

霧漫漫
霧漫漫

月光柔柔霧漫漫
遠山含淚

夜遊鳥拍拍翅膀
抖落一身星光

夜傾聽

十五行詩

01 遠方

蒼穹背著我們
獨自灑著淚花
在不知名的遠方
當大地滾過一陣悶雷

展開翅膀飛
不理關山千萬重
大海洶湧著滾滾怒濤

即使化作一片浮雲
被風吹向絕嶺
你可看見那棵孤松
默默守護自己的堅貞

沿著月光軌跡
尋覓山野那片叢林
把朵朵淚花
栽在我們乾涸的心田

02 夜靜

夜靜了嗎？

為何我的心像小鹿

在懸崖邊跳躍

對著滿天星斗

沒有一句話

閃爍的星光透露

關於宇宙的祕密

夜是靜了

聽到黃鶯在樹葉間的鼾聲

慣於自鳴清高的蟬兒

悄悄和月亮談戀愛

小草垂下輕盈的腰杆

甜甜地做著溪夢

呀！誰人的一管橫笛

飄蕩在蒼茫的曠野……

【詩評】誰人的一管橫笛？

/雪蓮

夜靜了嗎？這是作者對著滿天星斗所說的，是沒有說出口的心裡的話，但夜其實不靜。不靜的是作者的心。

> 夜靜了嗎？
> 為何我的心像小鹿
> 在懸崖邊跳

這裡說的其實是反話，用的是反襯的手法，開篇的一句話是個引子，主要目的是突出小鹿的那顆「心」，這又是對比的。靜夜對比跳躍的心，夜的寧靜被攪動了，夜再也不靜，不靜的夜依附在不靜的心，整個空間變成了跳躍的小鹿。心不只像小鹿亂跳，而且是在懸崖邊，這就有點危險了。

作者的心為何不靜？雖然他「對著滿天星斗／沒有一句話」，這又是沉靜的畫面，一動一靜，恰如海水之相對於岸。電影《劉三姐》有首插曲唱道：「風吹草動天不動／水推船移岸不移」有異曲同工之妙。作者不說一句話，因為所有的話被「閃爍的星光」透露了，而作者的「心」和「話」（心

語），其實都只為了探測「關於宇宙的祕密」。甚麼是宇宙的祕密呢？

作者很快就把我們帶入這「祕密」裡：

> 夜是靜了
> 聽到黃鶯在樹葉間的鼾聲
> 慣於自鳴清高的蟬兒
> 悄悄和月亮談戀愛
> 小草垂下輕盈的腰杆
> 甜甜地做著溪夢

作者不直接「透露」宇宙的祕密，而說「夜是靜了」，呼應開篇的「夜靜了嗎」的問話，上一節詩的「夜」其實是不靜的，且看作者如何詮釋它：

> 聽到黃鶯在樹葉間的鼾聲

哦！原來黃鶯兒在打鼾呢，打鼾是人在睡眠中所發出來的聲音，黃鶯被擬人化，也像人一樣在打鼾，夜能不靜嗎？

不靜的是「慣於自鳴清高的蟬兒／悄悄和月

亮談戀愛」，很優美柔曼的想像，蟬兒「悄悄和月
亮談戀愛」，悄悄是一種靜態的畫面，原來這夜也
還是靜的。月光照在蟬兒的身上，本已充滿羅曼蒂
克的氣氛，被作者寫成「和月亮談戀愛」，大膽、
新穎、浪漫的想像，有如一首輕輕悠悠的小夜曲，
迴旋在靜謐的夜裡，夜更靜得溫柔、深沉啊。借物
詠情，看來作者掌握了語言的節奏，賦予濃鬱的音
樂感，令人的想像空間無窮的擴展。

　　　　小草垂下輕盈的腰杆
　　　　甜甜地做著溪夢

　　連小草都「垂下輕盈的腰杆／甜甜地做著溪
夢」，如夢似幻的描寫，夜應是靜到極致。
　　那顆心呢？那顆像小鹿一樣「在懸崖邊跳
躍」的心呢？此刻懸垂在哪兒？

　　　　呀！誰人的一管橫笛
　　　　飄蕩在蒼茫的曠野……

　　那「一管橫笛」不是「誰人」的，乃是作者
心裡的那根情弦，被靜夜、被滿天星斗撥響了。作

者陶醉在這無邊無際的滿滿如溪聲一樣的靜夜，恍恍惚惚，踉踉蹌蹌地脫口而出「呀！」，這聲驚嘆並不是驚愕，而是一種喜悅的充滿。心裡的情弦被眼前的情景撥響了，心哪能靜呢？夜又哪能靜呢？

　　那個「關於宇宙的祕密」，作者始終不說，但我們感覺到了。詩寫得很和諧，一動一靜，一靜一動，動中帶靜，靜中寓動，內涵豐蘊，越讀越有味道，越讀越有想像。

03 天涯海角

還有幾多掙紮在浪濤的落葉
睜著渴盼的眼
一路飄搖到彼岸

彼岸在天涯
遙遙無期的等待
山花開了一季又一季
月亮圓了一回又一回

彼岸在海角
一伸手
可以觸摸岸沿
彎彎的岸沿
恰似半闋舞曲

掙紮吧　飄搖吧
天涯海角遠
卻在掌中凝固

04 我是天涯　我是海角

我在天涯　你的名字刻在那
我在海角　你的名字刻在那
從來沒有離別
離別的只是故事
故事裡的容顏

潮起時　我會像礁石一樣
月光下舞起雪白的羽衣
潮退時　我會像一隻白鶴
在你眼裡翱翔
故事永遠沒有落幕

故事永遠沒有落幕
我是天涯　我是海角

深深的波心
守著珊瑚的深情
守著緩緩綻開的夢

05 未眠——聽一女孩訴說「心事」

輕輕合上
一夜未眠的夜色

像青燈前的泥塑
寂然不動
坐姿是千年不解的迷
縱有蓮花一瓣
清香早遁入蒼茫的眼

任歲月爬滿青苔
冷風鍍上一闋殘缺的夢

於無聲處聽蛙鳴
心似落雨天
淅淅瀝瀝寫下
整個夜空的靜默

你底愁眉如半彎明月
照見自己蜿蜒的心事

06 啟程……——觀南音演奏會《啟程》

彈著蔭涼的禪樂

無翅之鳥在水波上

輕輕漾起一輪明月

當秋天瀟瀟的楓紅

掛在一聲聲的鼓浪

一句句的鐘磬

燃燒著兩肩風塵

我在柳梢下打坐

一群朦朧的女子

從夢裡走來

走來　掬一管南音的寧靜

夜　此刻正酩酊

我款款的影

與整個黑暗融合

歸於最後的 啟程……

作於2008年7月7日，A.H醫院，凌晨3點50分。夜止央，
窗外細雨伴著悠悠的南音，彷彿又看到那背著觀眾靜坐
的僧人，枯枝、梅花、禪寺、孤峰……

07 相信

風兒風兒　說了又說
千遍萬遍的話
我還是選擇
相信　相信月光是如此的
輕盈

是誰拉起小夜曲
藍色的音符輕叩我的夢
告訴冬天的風雪
已融化為潺潺春雨
每一朵含苞待放的花
都已準備好季節擁抱

可我還是選擇相信
這美麗浪漫的幻覺
只因為　生命裡的真實
生命裡難以想像的天真

十六行詩

01 心情

用一縷幽深的心情
臨摹一首淡然的玉蘭
今夜獨倚欄杆
望漸涼月色
誰與我共遊故夢？

猛一陣琴音
湖心亭那個書生
正彈奏那首失傳的絕唱
衣袂離離，琴音蕩蕩
雙肩披上淅淅瀝瀝的雨韻

可一轉身
湖心亭空空
琴臺已焚，青煙裊裊
驀然回首，身影在燈火闌珊
楊柳風，明月夜
一卷書畫覓何處？

02
往事

把往事寫在月亮
月亮笑我癡

把往事寫在鐵軌
風把寂寞吹向
不知名的驛站

把往事寫在小路
轉身之際
秋天的陽光跌坐在樹葉

把往事寫在
那個叫做夢的異鄉
臨別的眼神
落幕前的一瞥

月亮在牆外
月亮在牆內
一支紅杏在牆頭搖擺
夜空流下一朵輕輕的嘆息

03 超級月亮之夜

都說是超級月亮之夜
可仰起脖子
滿天是絲絲縷縷的雨

想跟你耳語
說說別後的日子
每一個腳印都是爛泥的狼狽
儘管陽光很刺眼
春風的眼睛卻患上白內障

想請你喝杯女兒紅
看圓澄澄的臉頰上
兩朵醉人的桃紅
你的水袖舞不動莊子的蝶夢
我抱著酒罈狂歌……

回眸 我們無處可逃
剩一團說不清的煙雲
擱淺在彎彎山路的蟬聲
多年後的你收藏

04 一朵微笑

給你一壺清涼的月
當你披上一件夢幻的繡衣
一朵微笑在你心裡綻放

蟬兒合攏的翅膀
包裹著透明的祝福
蝴蝶七彩的羽衣
熱鬧地穿越星空
在銀河系裡流成一條
蜿蜒的小溪
每一朵花唇
在月下沉思

當你撫琴清唱
那淙淙的琴聲
伴你一生一世
隨你天涯隨你海角
來來去去 了無牽掛

05
即
將
啟
航

每一片葉子
都是不完整的祝福
獵獵的月色中
散發青澀的氣味
飄飛的夢飄起
一絲疊疊的驚喜

即將啟航的路上
夜風吹醒
倒掛在樹梢的蝙蝠
微微顫動的翅膀
輕拍漫無邊際的霧靄
厚重的天空折射出
一枚清清澈澈的水晶

請接受小小祝語
不眷念母體溫馨
風雨為你護航

06
怪鳥

那隻閒得發慌
自以為孤傲的鳥
坐在高高的祭臺上
彷彿患了甚麼怪症
時而喃喃自語
時而捶胸頓足
不知表演給誰看

月光照見它黑油油的鳥嘴
風聽見它的嘶喊
不曾停留
這樣的表演
千百年來一再重複

月悄悄竊笑
哼著搖籃曲
未等黎明到來
搶先跟朝霞親吻

07 含羞草

一陣急行雨後
你仍然微啟朱唇
吮吸大自然的甘霖
我從你含羞的臉頰
窺見晚霞的倩影

月華溶溶
從你眉宇升起
你烘托著她潔玉似的心
她愛撫著你清冰般的肌膚

我呵
我站在平原之上
向你投去深深一瞥
直到你遞給我
驚訝的微笑
我輕輕墜入
江南的夜色……

08 感動

大海像月光一樣

悄悄溜進臥室

我的呼吸多麼暢快

在水漾的夜色裡

如嬰兒輕輕搖蕩

輕輕搖蕩 蕩出一盅唐人的

絕句 風骨錚錚

森林小屋酣睡了

樹上小鳥仍不知疲倦

把窗子打開

滿心歡喜擁抱月光

在坦蕩蕩的胸懷

一匹一匹的淚花

綻開　凋零　壯麗　寥落

今夜

我有詩一樣的感動

09 詩意的行囊

你是雲河裡的流水
一個為鏡頭輾轉的失眠者
背著黑色的匣子
穿行於山和水的翠屏裡
為自己的心尋找
靜靜的避風港

你是鳳尾竹下的月光
懷抱著詩意的行囊
此刻啟程，此刻回航
每一個忽閃的畫面
都有風的叮嚀
雨的落寞

不要把鏡頭收藏
不要把山水壓縮在記憶
讓它躍出黑匣子
在茶壺裡沸騰

10 庭院

只是一米的距離
卻比天涯還遠
比萬里長城還長

這樣也好
你養你的花
我種我的草
花自芬芳
草自茂盛

你的存在
我的存在
有如一塊積雪的石頭
石頭上有夢
石頭下也有夢

月光許久照不進庭院
月光該也是憂傷
拍拍塵土走了

11 天空

閱讀滿地凝霜
茫茫等待

滂沱雨點
雪似敲擊

偶然路過的落葉
馱著逐漸西斜的晚霞

浪靜之後的波心
擁抱月兒清輝

時間雕塑一朵
青苔歲月

沉默的雲
如霧靄遮顏

囚困的魂靈
化一泓浩浩江潮

原鄉
在彎彎的山坳

12 山茶

雲要對我說甚麼
終究離去
所有的話語 不過是
匆忙的一瞥

那時我真不理解
彷彿天空缺了一角

我於是苦苦思索
甚至摒棄千言萬語
枯坐在月光下
撿拾一片一片被風吹來的葉子

倘若有夢
我會看見你
輕輕跟你說
浪花開了 月兒圓了
你愛的那朵山茶
可否別來無恙？

13
鄉愁

余光中說鄉愁是一枚小小的郵票
席慕容說鄉愁是一棵沒有年輪的樹
我的鄉愁是一輪乍浮乍沉的月亮

乍浮乍沉的月亮
是蒼暝夜色中的蝴蝶底觸鬚
輕輕碰撞的思念
銀色的翅翼煽起的是一種
遙不可及的惆悵

彷彿才一低頭
大地的青翠已夢魘般消失
要拾起甚麼別離的叮嚀
只怕棧道上長亭接短亭
催促的笛音縈繞在心間久久不散……

不敢回首
鄉愁啊鄉愁是那輪月亮
乍浮乍沉在大海之上

14 藍色的船

風來叩響你的窗
將一枚銀色的月亮
貼在灰濛濛的鏡
當你閉眼
徜徉在那棵孤冷的樹下
一群小鳥正在樹上鳴叫

一群小鳥正在樹上鳴叫
輕輕的叫著你的乳名
你看見那棵樹已不見
你看見自己在雪地上
你把自己包裹在冰塊裡
還有一艘藍色的船……

而在夢將醒未醒之際
你突然變成一株小草
疲倦地昂起頭
天花板疊印著一枚銀色的月亮

15 我的髮

我的髮是岸上的柳浪
甩一甩頭
鬱藍的天空喝醉了酒
踉蹌的雲是水上的舟子
隨波飄逝

我的髮是懸崖邊的松
風為它披一襲
青青的外衣
青青的思念伸向山谷
等待一陣蝴蝶般的雨

我的髮是靜夜裡的一朵
含苞待放的月光
悄然綻放
那是水中倒影
抑或
隱約的依舊的濤聲

16 逐漸潮溼的夢

月光載著小船兒
銀河裡尋尋覓覓
笑傲江湖的一盞燈
搖曳在長長短短的歲月

金戈鐵馬的嘶奔
仍在心上燃燒的狼煙
戰鼓咚咚　雪花曼舞
車轍上一步一個血印

隨風而逝的魂靈
捉不住黃花的飄零
只把憂傷的眼鑲在
逐漸潮溼的夢

記憶像缺缺圓圓的月亮
雪鴿的翅膀煽起
騰吐在山谷那朵杜鵑
紅得似火的期待

17 那一夜

以軒昂

以燭淚

明月彎彎弓在

斑駁牆上

淚灑的畫

斜斜

掛在打這兒路過的秋風

以細細綿綿相思

以暖暖山泉

明月彎彎照在

幽幽啜泣的巷

飄泊底魂靈

敘說長夜情殤

掌一盞昏昏的燈

在打旋的秋雨裡

走進深邃的眼

18 自己的黑死亡給一縷花香

黑暗中的那座山

如我　我如山的黑暗

默默守著我的黑

守著沉默如守著我的靜

月亮悄悄為我罩上面紗

眾鳥縈旋　發一聲長長的笑

然後遁去　黑的影匿在黑的影

眾花垂首　冷然而孤傲地歌

我的心是黑中之黑　暗中之暗

沒有誰能把我的心從黑暗中

掩埋　即使是入地一分

如如不動的心

始終站在最深沉的迷霧中

在黎明到來之前

我死亡給自己的黑

自己的黑死亡給一縷花香……

十七行詩

01 太陽花

夜，清涼的月
正在指縫間融化

無數個這樣的夜晚
我的筆尖啃著
不知疲倦的時光
每一個字都像小天使
在紙上跳舞，呼喚

怎麼向你述說
筆尖的風風雨雨，霹雷電閃
一朵奇麗的太陽花
開在潮溼的夢土
一片漂泊的雲
尋覓一滴清亮的露珠

夜，披著一件被月光浸染的青衫
踽踽獨行的我
冷不防被窗外的一管蛙鳴驚醒
月，竟然變成一枚冉冉升起的蛋黃

02 旅行

當旅行成為一種狀態

我必須學會

如何與月光一起流淌

有風的日子

站在陰暗的山背

等待一場暴雨

我沒有一路響叮噹的馬兒

只有一雙飛鷹的翅膀

哪一處港灣

拴得住我漂泊的小舟

當我穿越浩瀚的大海

每一朵浪花

為我即將的行程書寫

一葉一葉的天涯

當旅行成為一種狀態

我必須學會

如何將生命交托給蔚藍的航線

03 選擇

選擇這條路或那條路

選擇這一生或那一生

朝花月光知道

當天漸亮時

鳥兒不再啁啾

魚兒不再騰歡

我敲著鑼鼓從街市趨過

燈一盞一盞迎面走來

斷牆上那株仙人掌

被雷劈去半個腦袋

依然活著——活著便是一種選擇

走向港灣

走向浪奔的海

我的小船兒已起錨

航線——也許蔚藍也許墨黑

也許寂寞也許喧鬧

彼岸正在招手

04 十字星

這一生都在尋覓
豎立在掌中平原上的
那一顆十字星
據說被星光照耀的人
一輩子都欠下感情債

翻來覆去
平原上升起的卻是一輪
孤月
暗澹澹的光啊
始終照不亮相思路

很想甩掉所有的星
如果它曾經是我
前世綻放的寶石
我寧可選擇天風拂過的
那荒草叢生的曠野
只要那一輪孤高的月
伴我天涯海角浪蕩

05
鏡
月

北斗星是水裡的鏡月
散溢佛前的薰香
雙手合十指向
空茫的天邊
天邊之上的浮光

輪迴之後的記憶
銜接哪一棵
玻璃樹，那樹身刻滿
冬日的虛幻，以及
一串串發黴了的笑聲

慢慢收攏掌心
那一團微溫的沉思
正在凋謝

抬頭，發覺自己
已端坐在蓮花
伸手撈起
水裡的一片殘葉……

06 背影

我將玫瑰紅的月亮

輕輕放在水裡

又將一枚琥珀

放在月亮之上

掬起一把清清的夢

讓溼漉漉的翅膀

拍打著久已塵封的酒罈

哈！酒香搖晃出另一枚

酸酸澀澀的月亮

沿著思念的長廊

像一朵老僧慢慢的閉合

無須說　無須說

你終究要離去

且把乳黃的蛋液

凝成一張書籤

夾在被歲月染白了的錦帛裡

然後記憶寫成漸漸模糊的背影……

【詩評】（一）凝成一張書籤的月亮

/雪蓮

詩歌作品中的精品不可多得，勤奮的詩人寫了一千首詩，未必有一首能成為精品。

懷鷹的《背影》，是筆者所讀到的新加坡華文詩壇裡少見的精品，值得向大家推薦。懷鷹寫詩的歷史不短，詩風一直在變，早期他寫的詩都是為政治理想而寫，雖然技巧幼嫩，流於口號與概念，但詩人的一顆赤子之心，仍然令人動容。經歷一些生活和思想的磨煉，詩人在創作上的突破，也是令人欣賞的。八十年代後所寫的詩，甚至已擺脫過去的影子，漸漸形成自己的風格。除了詩歌語言的轉變，內容的拓寬和思想的深沉，也令人刮目相看。千禧年之後，懷鷹的詩歌又走入另一番新的氣象，更多的是抒寫個人的心性。我想，詩人已擺脫過去的陋習，而以全新的姿態面對人生、生活、思想、感情和夢。

詩人寫《背影》，不著眼於背影，只是在詩末才點出，留下很深闊的空間讓讀者去品味。詩人的筆觸更多的是寫思念之情，而這思念之情是從背影而來；背影是一種漸行漸遠的傷逝，帶給詩人淡淡的哀傷和無奈，這哀傷和無奈卻恰恰是詩人的思

念之情。當然，這種思念之情到底還是很個人的，所謂「觸景生情」，是在一個特殊的環境裡才有的感覺，但懷鷹所觸的景是一個虛擬的空間，是詩人所想像出來的空間。放在水裡的「玫瑰色的月亮」不是實在的景，詩人是在內心深處虛擬出這樣的一種情景，為的是創造一種氛圍，有利於抒發個人的情懷；琥珀這個物品，相信是詩人信手拈來的靈感，卻又恰到好處，可以說情與物與環境之間，都達到了水乳交融的境界。那種寓靜寓動的氛圍，令人產生難以抗拒的美感。

琥珀，放在月亮之上，那是一種怎樣的畫面？這都是在水裡所呈現的畫面，有如玻璃水鏡，映現出琉璃四射的光彩，一時令人目為之眩，心為之動，情為之魄的感受；光是觀賞這樣的一幅畫面，就讓人深深的陶醉，不知此刻是在夢裡還是現實中。

詩人知道水裡的景象是虛幻的，是用來表達那種既失落又渴盼的思念之情，於是他的詩筆輕輕一劃，把我們帶出了水中世界。詩人是有翅膀的，這可能是從他的筆名衍生出來的想像，鷹是有翅膀的，然而翅膀已被水沾溼了，這裡用的是換喻的手法。水也可以暗喻眼淚，傷心的翅膀拍打的是「塵

封已久的酒壇」（回憶），怎知「拍打」出來的仍
是傷心的回憶，詩人在萬般無奈之中，只好收起翅
膀，像老僧一樣在「蓮花」中慢慢的閉合，唯有在
聖潔的蓮花之中，詩人才能癒合這悠遠而傷懷的思
念之情。

　　哈！酒香搖晃出另一枚／酸酸澀澀的月亮

　　這個「哈」字，哈得非常的傷感，不只是自
我調侃，含著一股無奈的感慨。詩人的這個「哈」
字，是非常個人情感的，裡頭大概甜酸苦辣都有。
　　詩人很不願意說「無須說」這句話，但說了
兩次，無奈、蒼涼、悽美，無須說卻也說了，而且
說得很癡，詩人對「你」的思念之情，凝成一張書
籤，那書籤裡頭有玫瑰紅的月亮、琥珀、清清的
夢、溼漉漉的翅膀、久已塵封的酒壇、酸酸澀澀的
月亮、一朵老僧、思念的長廊、乳黃的蛋液、被歲
月染白了的錦帛、記憶寫成的背影……等，那是怎
樣的一張書籤？所有的思念之情全都凝注在書籤
裡，你忍心去翻閱它嗎？還是讓它「夾在被歲月染
白了的錦帛裡」？
　　漸漸模糊的背影是被記憶寫成的，那也是一

個「清清的夢」，何時方醒？當你翻閱這張書籤時，你的心裡可有一枚玫瑰紅的月亮？

（二）月亮之外的傷逝

懷鷹的《背影》，確實令人咀嚼再三，吟哦再三，仍沉醉在詩歌所營造的氛圍裡。整首詩有如一塊渾然天成的美玉，詩境是行雲流水般的暢然。

詩題是《背影》，顯然不是詠月。我感到興趣的是，詩中的背影究竟何所指？是詩人的自侃嗎？月亮或琥珀的影？

這不僅僅是一首情詩，且是思念之情。除此，我還覺得是一份傷逝之情。月亮和琥珀是象徵之物，是用來陪襯「情」的。

詩歌其實一開始就點題了：

我將玫瑰紅的月亮
輕輕放在水裡

玫瑰本是愛情的象徵，含有熱烈的追求、幻想、神祕和感傷。玫瑰紅的月亮，是語境的塑造；月亮曆來也被詩人當成是愛情和思念的象徵，玫瑰

紅的月亮是象徵加象徵，思念加思念，感情的張力
無限的膨脹。而詩人是「將玫瑰紅的月亮／輕輕放
在水裡」，既然思念如此的濃烈，為何要放在水
裡？顯然，這月亮不是實在的天然氣象，而是詩人
的想像和模擬，月亮是不可能「被」放在水裡的，
只有月亮的倒影，是被「我」（詩人）放在水裡。
我們可以展開想像，詩人在月圓之夜佇立在水邊，
將他的玫瑰紅的思念寄託在月亮裡，水裡倒映出月
亮的清影，詩人想像水裡的月亮是他放下去的，詩
人的思念不僅借明月撫慰，也借流水抒發，流水會
把他的思念之情帶到遠方去。

　　這是比較隱喻的寫法。實際上，流水始終都
在流淌，水有兩面性，一方面似水柔情，一方面是
無情之物。詩人將有情之物（玫瑰紅的月亮）放在
無情之物（水），那也是一種相當隱喻的寫法。也
許詩人知道，這股思念之情終究是很個人的，就借
這無情似有情的水揮灑，一時間，水光月影，既浪
漫又感傷。

　　詩人靜靜的望著水中的月亮，流水依然，月
亮的清影被扯亂了，正如詩人心情的「亂」。這
時，詩人忽發奇想，如果「我」將一枚琥珀放在月
亮之上，那會怎樣呢？

水中的月亮是虛擬之物，琥珀雖是美的，卻是硬
體，也是吉祥物，意：祝福。詩人給自己和思念的
對象送出祝福，這幅景象的確是很奇特的，月亮和
琥珀之間糅合得很完美，於是我們看到，虛擬的玫
瑰紅的月亮之上綻放著一枚棗紅色的琥珀，那綿綿
的思念隨著流水靜靜的流淌。

　　掬起一把清清的夢
　　讓淫漉漉的翅膀
　　拍打著久已塵封的酒罈

　　夢是虛無縹緲的，不管是甚麼樣的夢，夢不
可能「掬起」，詩人原意是說「掬起一把清清的
水」，將水轉換成夢，這夢也就清清了，這是應和
上一節詩的情境。詩人的思念其實是一場夢，不管
外表看起來如何的美、浪漫、熱烈；這流水蘸了詩
人的夢，水也變得如夢似幻了。詩人想必站在流水
之中，連身上的「翅膀」也淫了，「拍打著久已塵
封的酒罈」這一句，寫的並不是翅膀拍打酒罈的動
作，詩人也不是帶著一罈酒在水邊獨飲，酒罈指的
是陳年的回憶，跟清清的夢在語境上是一樣的，只
不過將之轉換角色而已。

　　夢是清亮的，回憶是「塵封」的，此刻被詩人的「翅膀」拍打著，酒壇裡究竟藏著什麼呢？

　　　　哈！酒香搖晃出另一枚
　　　　酸酸澀澀的月亮

　　詩人在語境上的運用和創造，常常出人意表，那一句感嘆詞「哈」，的確令人心旌搖蕩，雖然是陳年的回憶，詩人心裡流出來的卻是個「哈」！滄桑、遊戲人間、自我調侃，正所謂五味俱全。而酒香又搖晃出另一枚酸酸澀澀的月亮，酒壇裡頭的酒變成了月亮，與水中的玫瑰紅的月亮相映成趣。水中的月亮是浪漫的，酒裡的月亮卻是感傷的，而在那一瞬間，兩枚月亮同時湧現，「對影成三人」的「情趣」，也在天地間悠悠形成。李白的「舉杯邀明月」有張狂的浪漫，懷鷹的對影成三，是一種獨具匠心的創造。

　　　　沿著思念的長廊
　　　　像一朵老僧慢慢的閉合

　　酒香搖晃出來的這枚酸酸澀澀的月亮，終於

跳出虛擬的空間，以「擬人化」的形象出現，「沿著思念的長廊」而去尋找「清清的夢」，卻不料一跳出虛境，又跌入另一虛境，「像一朵老僧慢慢的閉合」，從此天涯海角無阻隔，存在的空間也成了虛境。我們又可以看到懷鷹運用文字的巧思，蓮花轉換成老僧，老僧坐在蓮花上，猶如詩人槃坐在蓮花上，一朵老僧的詞語結構，因為語境的互換（老僧代表蓮花），存在內在的聯繫，又寫得有點幽默，這樣的修飾也突顯詩人用字的獨特構思。

這時，整個世界隨著「一朵老僧慢慢的閉合」而空寂了，正是無聲勝有聲，一切盡在不言中。

所以詩人說「無須說 無須說」，空寂的世界是用不著任何語言的，但詩人還是要說「無須說」，且連用兩次，加強了「無須說」的深沉，使「無須說」的境界提升，做到裡外合一，動靜相融。

你終究要離去

無須說的謎底便昭然若揭了，「你」是詩人思念的對象，你究竟是誰，是無從瞭解的，也許

並非指人。「終究」是一個很肯定的詞語，所以「你」的離去是必然的，這一句又可承接上一句的鋪排，我們可以看成這樣的一種命運的結局：你的離去是無須說的，彷彿一早就註定了的，那玫瑰紅的月亮、琥珀、清清的夢、淫漉漉的翅膀、酸酸澀澀的月亮、塵封的酒壇、慢慢閉合的老僧，其實都是詩人的心靈流程。

　　　　且把乳黃的蛋液
　　　　凝成一張書籤
　　　　夾在被歲月染白了的錦帛裡
　　　　然後記憶寫成漸漸模糊的背影……

　　「乳黃的蛋液」是還原了玫瑰紅的月亮，詩人望著被攪渾了的月亮，想像那是「乳黃的蛋液」，這個想像也很新穎、形象化，奇的是，詩人把「乳黃的蛋液」凝成「一張書籤」，這又是想像的飛躍和互換。從玫瑰紅的月亮到乳黃的蛋液到書籤，一個意象轉換一個意象，全靠「水」這個精靈糅合凝化起來，可見詩人對詩歌語言的掌握已到了「隨心所欲」的境界。
　　書籤帶有紀念性和收藏的意思，雖然「你」

已離去了，且把這思念像書籤一樣「夾在被歲月染白了的錦帛裡」，隨你浪跡湖海。每當「你」看到這張書籤，會想起那個「記憶寫成漸漸模糊的背影」的詩人，這背影是雙程的，不僅代表你也代表我，不管是誰，在「被歲月染白了的錦帛裡」，都已漸漸模糊了。

　　全詩寫情，卻見不著一個「情」字，借用虛擬的想像和周圍環境的氛圍，營造出一種異常惆悵的情懷，把這傷逝的情寫得浪漫又感傷，讓我們久久沉浸於中；詩人的「癡」是不經意的，像一滴墨汁在水裡慢慢的滲透、擴大。

07 月亮升上來了

月亮升上來了
晶瑩的小眼睛
凝視夢裡的相思
午夜倏忽而來的酒香
香香在嗚咽的枕上

此刻　你仍獨倚欄杆
遙望天街的雲翳
夢還在延伸
此岸非岸　彼岸非岸

我懷抱一湖豎琴
用浪漫的弦音
撥響濃蔭底下的清風

啊！月亮升上來了
月亮升上來了
且讓我們和著清瑩的月光
悄悄跳起一支靈魂之舞
把所有的岸推向黑夜

08
信

敞開你的心窗
接收我從雪山寄來的信
當你打開信封
會有片片雪花
化成的春水
從你眉間流過

天空洗得如此淨白
一朵雲飄過 僅僅是一朵
那些碎片似的葉子
過早與季節擦身而過
就讓那朵雲鑲在夢裡

流浪的腳恰似流浪的海
沒有港灣的港灣
高樓被阻隔在高樓那邊
只有月光照在無人的長街

讓我把這封信
放在鵝黃的風裡

語言文學類　PG1996　秀詩人29

寫給月亮的詩
——懷鷹詩集

作　　者/懷　鷹
責任編輯/徐佑驊
圖文排版/周妤靜
封面設計/葉力安

發 行 人/宋政坤
法律顧問/毛國樑　律師
出版發行/秀威資訊科技股份有限公司
　　　　114台北市內湖區瑞光路76巷65號1樓
　　　　電話：+886-2-2796-3638　傳真：+886-2-2796-1377
　　　　http://www.showwe.com.tw
劃撥帳號/19563868　戶名：秀威資訊科技股份有限公司
　　　　讀者服務信箱：service@showwe.com.tw
展售門市/國家書店（松江門市）
　　　　104台北市中山區松江路209號1樓
　　　　電話：+886-2-2518-0207　傳真：+886-2-2518-0778
網路訂購/秀威網路書店：https://store.showwe.tw
　　　　國家網路書店：https://www.govbooks.com.tw

2018年3月　BOD一版
定價：300元
版權所有　翻印必究
本書如有缺頁、破損或裝訂錯誤，請寄回更換

國家圖書館出版品預行編目

寫給月亮的詩：懷鷹詩集 / 懷鷹著. -- 一版. --
　　臺北市：秀威資訊科技, 2018.03
　　　面；　　公分. -- (語言文學類；PG1996)(秀
詩人；29)
　　BOD版
　　ISBN 978-986-326-534-4(平裝)

868.851　　　　　　　　　　107002591

讀 者 回 函 卡

感謝您購買本書，為提升服務品質，請填妥以下資料，將讀者回函卡直接寄
回或傳真本公司，收到您的寶貴意見後，我們會收藏記錄及檢討，謝謝！
如您需要了解本公司最新出版書目、購書優惠或企劃活動，歡迎您上網查詢
或下載相關資料：http:// www.showwe.com.tw

您購買的書名：_____

出生日期：_____年_____月_____日

學歷：□高中 (含) 以下　　□大專　　□研究所 (含) 以上

職業：□製造業　□金融業　□資訊業　□軍警　□傳播業　□自由業
　　　□服務業　□公務員　□教職　　□學生　□家管　　□其它____

購書地點：□網路書店　□實體書店　□書展　□郵購　□贈閱　□其他

您從何得知本書的消息？

　　□網路書店　□實體書店　□網路搜尋　□電子報　□書訊　□雜誌

　　□傳播媒體　□親友推薦　□網站推薦　□部落格　□其他_____

您對本書的評價：(請填代號　1.非常滿意　2.滿意　3.尚可　4.再改進)

　　封面設計____　版面編排____　內容____　文／譯筆____　價格____

讀完書後您覺得：

□很有收穫　□有收穫　□收穫不多　□沒收穫

對我們的建議：_____

_____

_____

_____

11466
台北市內湖區瑞光路 76 巷 65 號 1 樓

秀威資訊科技股份有限公司　　　收

BOD 數位出版事業部

．．．

（請沿線對折寄回，謝謝！）

姓　　名：＿＿＿＿＿＿＿＿　年齡：＿＿＿＿　性別：□女　□男

郵遞區號：□□□□□

地　　址：＿＿＿＿＿＿＿＿＿＿＿＿＿＿＿＿＿＿＿＿＿＿

聯絡電話：(日) ＿＿＿＿＿＿＿＿＿ (夜) ＿＿＿＿＿＿＿＿＿

E-mail：＿＿＿＿＿＿＿＿＿＿＿＿＿＿＿＿＿＿＿＿＿＿